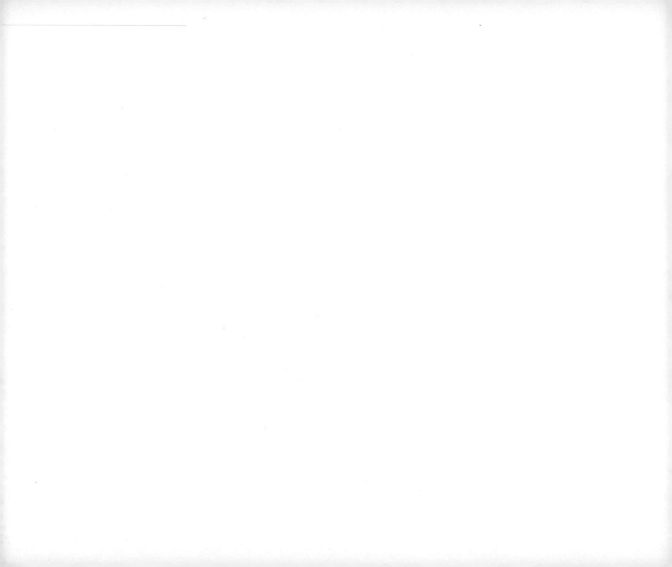

Anna et le gorille

Traduit de l'anglais par Isabel Finkenstaedt

ISBN 978-2-211-20505-4
Première édition dans la collection *lutin poche* : avril 2011
© 2011, l'école des loisirs, Paris, pour l'édition en *lutin poche*
© 1994, Kaléidoscope, pour l'édition en langue française
© 1992, Walker Books Ltd, London, pour l'édition originale
© 1983, Anthony Browne
Titre de l'ouvrage original : « Gorilla »
Éditeur original : Julia MacRae Books
Loi numéro 49 956 du 16 juillet 1949 sur les publications
destinées à la jeunesse : mars 1994
Dépôt légal : avril 2011
Imprimé en France par Pollina à Luçon - L56809

Anthony Browne

Anna et le gorille

Kaléidoscope
lutin poche de l'école des loisirs
11, rue de Sèvres, Paris 6ᵉ

Anna adorait les gorilles. Elle lisait des livres sur les gorilles,
elle regardait les gorilles à la télé et elle dessinait des gorilles.
Mais elle n'avait jamais vu de gorille en vrai.
Son père n'avait pas le temps de l'emmener au zoo pour en voir.
Il n'avait le temps pour rien.

Le matin, il partait au bureau avant le départ d'Anna pour l'école,
et le soir, quand il rentrait, il se remettait aussitôt à travailler.
Si Anna lui posait une question, il disait :
« Pas maintenant. Je suis occupé. Peut-être demain. »

Mais le lendemain il était toujours trop occupé.
« Pas maintenant. Peut-être ce week-end », disait-il.
Mais le weed-end, il était toujours trop fatigué.
Ils ne faisaient jamais rien ensemble.

La veille de son anniversaire, Anna monta se coucher tout excitée –
elle avait demandé un gorille à son père !
Au beau milieu de la nuit, Anna se réveilla et vit un tout petit paquet
au pied de son lit.
C'était bien un gorille, mais juste une peluche.

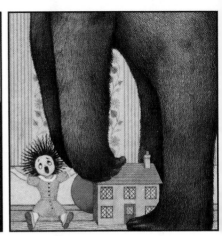

Anna jeta le gorille dans un coin avec ses autres jouets et se rendormit.
Dans la nuit il se produisit quelque chose d'étonnant.

Anna eut très peur.

« Ne crains rien, Anna », dit le gorille. « Je ne vais pas te faire de mal.
Je me demandais seulement si tu aimerais aller au zoo ? »

Le gorille souriait si gentiment qu'Anna n'avait plus peur.

« J'aimerais beaucoup y aller », lui dit-elle.

Ensemble, ils descendirent l'escalier sans faire de bruit, et Anna mit
son manteau. Le gorille mit le chapeau et le manteau du père d'Anna.

« Ils me vont parfaitement », chuchota-t-il.

Ils ouvrirent la porte de la maison et sortirent.

«Allez, viens, Anna», dit le gorille et il la souleva avec douceur.

Puis ils se balancèrent d'arbre en arbre jusqu'au zoo.

Quand ils arrivèrent, le zoo était fermé et un grand mur l'entourait.

« Ne t'en fais pas », dit le gorille.

« Il suffit de grimper et de passer par-dessus ! »

Ils se précipitèrent vers les primates. Anna était ravie. Tous ces gorilles !

Le gorille l'emmena voir un orang-outan et un chimpanzé.
Anna les trouva très beaux. Mais très tristes.

« Qu'aimerais-tu faire maintenant ? » demanda le gorille.
« J'aimerais beaucoup aller au cinéma », dit Anna.
Alors c'est ce qu'ils firent.

Ensuite ils marchèrent dans la rue la main dans la main.

« C'était merveilleux », dit Anna. « Mais maintenant j'ai faim. »

« D'accord », dit le gorille. « Allons manger. »

« Il se fait tard, nous allons rentrer », dit le gorille.

Anna hocha la tête, un peu endormie.

Ils dansèrent sur la pelouse. Anna n'avait jamais été aussi heureuse.

« Tu dois aller te coucher maintenant, Anna », dit le gorille.

« Je te verrai demain. »

« C'est sûr ? » demanda Anna.

Le gorille acquiesça et sourit.

Le lendemain matin, au réveil, Anna vit le gorille en peluche
et elle sourit.

Anna dévala l'escalier pour tout raconter à son père.
« Bon anniversaire, ma chérie », dit-il. « Veux-tu aller au zoo ? »
Anna le regarda.

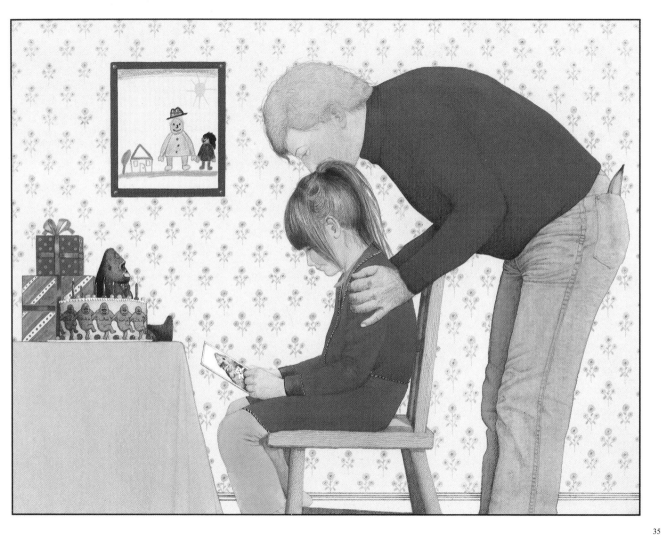

Elle était très heureuse.